U0141469

熱帶氣旋升起

謝昭華 著

目次

輯二 遺跡

輯四 **游牧**

輯五　蜉蝣

熱帶氣旋
升起

【推薦序】

向海：《熱帶氣旋升起》中的水分子

梁一萍／國立臺灣師範大學英語學系教授

馬祖詩人謝昭華的詩集《熱帶氣旋升起》（2024）收錄四十五首詩作，是世紀大疫之後詩人的最新力作。

詩集分成五個專輯——「行走」、「遺跡」、「喧囂」、「游牧」與「蜉蝣」，每個專輯收錄八到十首作品，並有一首同名詩作。根據詩人自言，「書名想要表達一種整體的情緒與氛圍，第一本詩集《伏案精靈》（1995）是青春少作，第二本詩集《夢蜻蜓》（2001）反思周遭生活與史實。這本詩集我想跳脫這兩者範疇，以不同於內陸國家詩人的目光去眺望藍色海洋，熱帶氣旋就是起自溫暖的海洋，它的生成、發展、走向，都深深影響了生活在海洋島嶼的人們」。這樣說來，這本沒有直接寫海洋的詩集，其實從「生成、發展、走向」到命名都受到藍色海洋的影響，如洪淑苓所言——詩人對海洋的執著、對史前世界的迷戀，「骨子裡就是一尾史前魚」。[1]史前魚年代不可考，但呼吸於海洋中，對熱帶氣旋應該特有感受。

目光向海，這本詩集因此被海洋圍繞。按圖索驥，好像沒有直接寫海洋的詩作，但做為海洋的物質，水分子（water molecule）無處不在。從篇首的〈一〉海洋／水域已然圍繞，詩人將「一」比喻為「字的根源，語言／的起始」，並將其擬人化，想像會走路的「一」，「以背向森林喧譁的姿勢／沿海岸線疾走」。我們了解，「背向森林」就是背棄陸地，轉向海洋，詩人在篇首就告白其對海洋的深情，沿岸疾疾而行，彷彿在尋找詩語。而「船行入港」，「燕鷗俯衝水面」，更打卡了馬祖之所在，因為賞鳥人都知道，馬祖可謂燕鷗的故鄉，其中最有名的就是「神話之鳥」黑嘴端鳳頭燕鷗。因此開卷第一首，敘事者就已揭示其馬祖列島海洋詩人的敘事聲音。

更有趣的是，詩人在水分子的氛圍中，常常居高臨下，俯視蒼生，卷末

1 洪淑苓：〈望海的史前魚：謝昭華《夢蜻蜓》評介〉，《文訊》一八八期，二〇〇一年，六月，頁二八。

的〈魚鷹二帖〉可為一例。眾所皆知，魚鷹常見於廣闊的水域，「是世界分布最廣的掠食性鳥類之一」，也是「唯一能全身入水捕魚的猛禽」，其「體型可達六十多公分長，雙翅展開則可達一百八十公分左右」。所謂的〈魚鷹二帖〉是以魚鷹為題的兩首詩，其一名為〈左翼〉，其二〈右翼〉。然有趣的是，在版面編排上（橫排時），正好〈左翼〉在左，〈右翼〉居右，有如猛禽魚鷹的雙翅；因此〈魚鷹二帖〉也可讀為圖像詩，其語意指涉魚鷹，然其〈左翼〉〈右翼〉對開，在視覺上有如魚鷹展開雙翅，航行水面。恰在此時——我們發現敘事者有如魚鷹，其目光居高臨下，我們已然進入一個跨物種（trans-species）的視角，以魚鷹飛行的目光俯視蒼生。[2]

果然我們發現魚鷹〈左翼〉的「翅膀搧起冬日季風」，看到「雲端以下，古老大陸遮蔽浮塵」，從鳥類的目光俯視，「人類的童年短暫而美好」，凡

2 這樣的魚鷹飛行居高臨下的視角在詩集中還有如〈飛越洛磯群峰〉、〈大天使降臨〉、〈天使〉等，允為特色之一。

人有如「群蟻忙碌於丘穴之間」，在「網路社群間尋找溫暖與討拍」，日夜「辛勤覓食，供養胸腔裡積累的憤懣」。而其〈右翼〉彷如折翅掉落城市——「羽毛鏽蝕肩胛骨指端」，在銀行、伺服器、電路板、玻璃帷幕之間，思緒飄落有如核塵，電腦「螢幕上仍殘存你手指餘溫」，我們不禁懷疑——這是掉落陸地的魚鷹末日嗎？

從魚鷹的角度，詩人側寫海洋／水域的重要。從這個角度來看，書中第四輯「游牧」的壓尾之作〈颱風〉值得一提。一方面，這首詩最能對準書名——因為根據維基百科，颱風就是「熱帶氣旋」（tropical cyclone）——「是發生在熱帶與副熱帶地區海面上的氣旋性環流，由水蒸氣冷卻凝結時放出潛熱發展而出的暖心結構」。另一方面，這首詩或許最能呼應詩人所欲表達的一種「整體的情緒與氛圍」，和魚鷹一樣，詩人想像一種不同於「內陸國家」的向海目光，一種受水分子感染的氛圍。有趣的是，有如〈魚鷹二帖〉，〈颱風〉也分成兩小段——〈颱風Ⅰ〉與〈颱風Ⅱ〉，以下試讀之。

〈颱風Ⅰ〉要用跨文化的角度來讀，因為熱帶氣旋的英文，其中氣旋

（cyclone）和希臘神話中的獨眼巨人（Cyclops）有相同的字根，因為從空中俯視，颱風眼位居漩渦中心，好像獨眼巨人。因此敘事者啟始就說，颱風有如「獨眼巨人俯視海上」，這個空中視角有如魚鷹，然其尺度已拉高許多。再者颱風帶來狂風暴雨，這個失控的現象也被神格化——「神的衣裾款擺剪裁合宜／足跡踏處，盡是浪與堤堆疊」，而其帶來的大量降雨，如「水分子四處逃竄舞步紊亂」，其所帶來的巨大恐慌，有如「神祇巨大瞳孔吸盡海水蔚藍」。

如果〈颱風I〉注重水分子的狂暴性，〈颱風II〉則強調其凌波曼舞的節奏性。從生態元素來說，水分子來自「海洋之母脈動來自行雲布雨／來自海溝深處無邊無際黑暗」。更重要的是，海洋佔地球的70％，五大洋的洋流與潮汐系統各自獨立卻又彼此相連，海洋中的水分子經常輕舞曼波，沒有一刻停歇，敘事者這樣形容其凌波舞步——

節奏傳至緯度腳掌
浪濤是一面龐然的羊皮鼓敲響
節奏傳至神經細胞觸角伸展

傳至陸地傳至年輪軀幹
傳至迎風獨立新芽龍舌蘭

想像如果地球被擬人化，經度是手，緯度如腳，那麼海洋浪濤跨越經緯，串流全球，水分子手舞足蹈的節奏具備抗殖民環境史學者查克拉巴提（Dipesh Chakrabarty）謂的星球性（the Planetary）。[3]海洋穿越經緯，波濤不斷，浪聲如鼓。串流全球之後，水分子彷若匯集馬祖，傳送給海邊吐露新芽的龍舌蘭。[4]

3 請參考Dipesh Chakrabarty, The Climate of History in a Planetary Age, University of Chicago Press, 2021。

4 根據馬祖風景管理處網頁，「因葉具有尖刺，在昔年戰地任務時期被廣泛種植於馬祖列島，作為反空降與固守海岸線用途，並成為馬祖海岸線的代表性植物」。

透過龍舌蘭，詩人目光向海，彷彿在說，陸地需要海洋，如同嬰兒需要母親。

台灣四面環海，但海洋作家數量並不多。從海洋文學的角度來看，蘭嶼的夏曼．藍波安、花蓮的廖鴻基、澎湖的呂則之除外，馬祖的謝昭華可以從海洋詩人的角度來賞析。其詩作強調海洋環境的氛圍，水分子在大氣中的傳輸流動，時而狂暴，時而安逸。如詩人自敘——「我是安分的扇鰭魚吐著疑惑的泡沫／思索著泥盆紀陸地背叛海洋的不安」。詩人眺望海洋的目光，如熱帶氣旋，升起。

【推薦序】

島居之歌

孟樊／詩人、國立臺北教育大學語文與創作學系教授

謝昭華，是個既熟悉又陌生的名字。說熟悉，是因為我常常在詩刊裡讀到他的詩，有時甚至和我自己的詩作還一起「同台演出」；說是陌生，更是實情，至今我們仍緣慳一面。為一位素未謀面的詩人作序，於筆耕多年的我而言，還真是有生以來頭一遭，連我自己都覺得訝異。然則我為何要為這位素昧平生的詩人在他的新詩集出版前說幾句話呢？這得話說從頭。

一九八〇年代中期，鍾玲發表一篇長文〈台灣女詩人作品中的女性主義思想〉，文中把謝昭華誤認為女兒身，置入台灣當代「女詩人」隊伍裡；到了一九九二年，讀過鍾玲該文的我寫的論文〈當代台灣女性主義詩學〉，仍舊重蹈覆轍，前後都鬧了同樣的笑話。的確，不識詩人廬山真面目的我，跟

鍾玲一樣，只能憑姓名猜其性別，結果搞出了「雌雄莫辨」的烏龍，可見我對這位醫生詩人有多麼陌生。直到多年以後，我方知畢業於台北醫學院醫學系的他，在校才開始接觸現代詩刊，後來回祖居地馬祖懸壺行醫。多年藏在心裡的愧疚，剛好就用這篇序文聊表歉意。

長期住居在馬祖的謝昭華曾於二〇一六年出版散文集《島居》，五十一則抒情隨筆娓娓敘說他島居生活的感懷，文字涉足歷史與記憶領地，反思著人世浪潮之驟變……如今這本詩集《熱帶氣旋升起》，儘管寫的文類是詩，但依然令人可以感受到，詩人面對呼嘯的陣陣海風，沿著似近還遠的海岸線彳亍的心境，聆聽著他獨自吟唱的首首「島居之歌」，我們彷彿也一起跟著詩人踏入他所描繪的馬祖祕境。雖然他也寫域外北美的洛磯山群峰（〈飛越洛磯群峰〉），偶爾涉筆到希臘愛琴娜島（〈秋日過牛角巷道偶見〉）乃至澳洲的十二使徒岩（〈時間〉），但絕大部分文字訴說的都是他的馬祖島居之思與情，最明顯的莫如〈島嶼甦醒〉一詩（前二段）：

三月悄悄走過潮濕的窗沿
霧季之後是雨季，你的影子
是逐漸擴張版圖的淺綠黴苔
在我心的暗室裡悄悄滋長

島嶼逐漸甦醒，世界沉睡遠方
冷霧像小孩覆蓋甜甜夢境的羽被
童年的足跡是雨後的陽光
清晰地在岡陵間移行

詩人抒寫雨季中的島嶼，雖然心境滋長著「淺綠的黴苔」，但逐漸從世界甦醒的馬祖島，卻讓他回到童年時光，懷念那時雨後的陽光，「清晰地在岡陵間移行」。島居的日子，處處留下詩人的足跡，也用他的筆跡記錄他的感懷：〈一〉寫他「沿海岸線疾走／港灣靜默」；在〈亮的島〉中他望向龜島，記憶卻飛落；於〈穿越時間的時間〉裡，他涉足闇黑的八八坑道，也登高「草草皴以月色荒蕪」的雲台山嶺；而抒寫馬祖「藍眼淚」的〈藍光〉，則說「千萬顆眼睛漂浮海面」，「浮游生物歡鬧著慶典」，一一見證島嶼的過去與現在。

雖然醫生詩人記錄島嶼的文字多為抒懷之作，我們卻不能將他的島居之行所留下的詩篇視為地誌詩，譬如他寫亮島的〈亮的島〉這首組詩，如果是地誌詩，那麼他在書寫這座「迷藏於霧」中的小島應該有更具體景緻的描述，即便地誌詩未必都得敘述該地域特殊的風土景觀（地形、氣候、物產、建物，乃至交通、民俗……），但是此組詩所述，只能說是借景抒懷，誠如第一首〈病毒假寐〉開頭所言：「面對龜島望海，光的羽箭／飛落記憶的亮點是鍵盤／特殊符號釀成時間」，然後這時間記憶帶他到島外那一年族人在淡水河聚集的抗議事件（第二首〈螢幕保護的祕密〉），乃至讓他更深入台灣本島，「夜眠都市心臟山無陵／濁水溪枯竭是為殤」（第四首〈如果還有社群〉）。

我們可以說，謝昭華所吟唱的「島居之歌」，多是像上述的借景抒懷之作，其中〈喧囂〉組詩（合共八首詩組成）堪稱代表。詩人先是敘述熱帶低壓從海上來撞擊他的石屋屋瓦，他靜坐在家門望海，卻勾起他對昔時歲月的感傷，東渡負笈竟夜伏案歷歷在目；而霧鎖雲台「狂嘯於島嶼村居」，像他頹唐的夢境，讓幽居孤島的他，「閑靜地梳理著長翅欲翔」；但穿梭在島嶼簡陋的病房長廊看盡生老病死，卻不斷干擾他的思緒，又如何記載這泛黃病歷表上的荒蕪？最終踟躕在昔日戰備的車轍道路，醫生詩人獨坐鏡澳岸堤，只能望向童年，看著「潮水拍擊北窗，季風去向不明」。詩人所借之景並非可有可無，雖然他的抒懷，以及因此起興之意象，已非當地景物所能規範，可若無這些即景之物事，則其所唱之歌恐無以成調，這熱帶氣旋亦難以升起。

提及這熱帶氣旋，這就會讓人想到海。熱帶氣旋在海洋會生成颱風，而台澎金馬都是颱風涉足之地；四周環海的馬祖島嶼是熱帶氣旋會來敲門「拜訪」的地點之一（想必這是詩集命名的由來），爰是，詩人島居之詩如何不歌唱那一望無際的海呢？遼闊的海面、破碎的海岸、甜甜的浪濤、憂鬱的海床、群聚的燕鷗、闃黑的海潮、漲滿的潮汐、崢嶸的礁岩……與「海」有關的物事常常是詩人描摹的題材與意象，充斥於字裡行間，使你不得不注意這熱帶氣旋可是從「海」上升起的。雖然如此，謝昭華這些詩幾乎不正面寫海，並不刻意展露像鄭愁予那種「我從海上來，帶回航海的二十二顆星」的瀟灑，也不硬寫他那「敲叮叮的耳環在濃密的髮叢找航路；／用最細最細的噓息，吹開睫毛引燈塔的光。」（〈如霧起時〉）的航海經驗；但和鄭氏愛寫小島一樣，謝昭華擅寫的則是他的馬祖島。島嶼四周被海環繞，寫島自然免不了寫海，從島嶼角度出發的謝昭華，他的這些沾染海洋氣息的詩作，自然不同於汪啟疆、鄭愁予、朱學恕等有航海經驗的詩人筆下的海洋詩，可謂別樹一格。

隨著這「熱帶氣旋升起」，跟讀著謝昭華的這些「島詩」與「海詩」，聆聽著詩人吟唱的「島居之歌」，彷彿也要和他一樣「靜坐望海」，即使我們之間間隔著海峽，仍聽得到詩人那悠悠的歌聲，相信他是不會感到孤獨的……。

輯一

行走

一

字的根源，語言
的起始
以背向森林喧譁的姿勢
沿海岸線疾走
港灣靜默，船行入港如傷悲
的愛撫，燕鷗俯衝水面
之前的亢奮
風箏自高樓急速墜落
公路自遠方逃逸
一條人

一首河
一個臍帶
一根詩

《乾坤詩刊》七十四期

行走

夕陽在海面燃起
森林大火
傷痛撕裂視網膜
曲曲折折燃燒

天空碎裂如灰燼
飛散星閃
記憶卡躲藏闃黑房間
鑲滿笑語和哭泣

如天秤

如雙子
如傾斜的繩梯
一顆心懸掛水面

你在水上行走
踩著柔柔的雲

《乾坤詩刊》七十四期

大疫

總是無所事事混跡遊客中心
咖啡杯緣品嘗人生，青年民宿
侷促客廳裡哼唱陌生的民謠
前方海面遼闊，有成列抽砂船
放牧闃黑夐遠的夢境
用章魚籠捕捉
文件夾裡不慎遺落的字句
攔回支解養殖與復育
吆喝販賣，在鼠腥市場

大疫之年，我們或在斗室避居
或兵馬倥傯於載運瘦弱單詞的街道

謠言遍野，安魂曲無人演奏
遊樂場寂靜著昔日兒童的嬉鬧
空蕩街道飄揚人心荒漠
影子單薄遭陽光背棄
無數襤褸棺槨棄置於野
黑色形容詞流瀉自顫抖雙手
孤單終將在病床上孤單離世

大疫之年，我將用詩篇
將你包覆，用充滿愛意的連接詞
綑綁你，用瘋魔動詞哭泣
用散落的標點符號致意
拱手諂媚擊拳觸肘
愛是一張張透明塑膠薄膜

清晰可見，層層相握互擁
手機裡跳動的火星文為你佐餐
早安圖問候微笑與傷感

詩歌遙唱迷濛的遠古記憶
百年一遇災變降臨猶如神啟
遍地烽火四散謠言
不經意的手勢
謾罵詆毀暗黑啜泣
病毒在咽喉唇舌繽紛指尖
在餐桌門縫低沉嗓音
在車門扶手公園座椅
在推特臉書你心的荒蕪日記

《創世紀詩刊》，二〇二一年七月

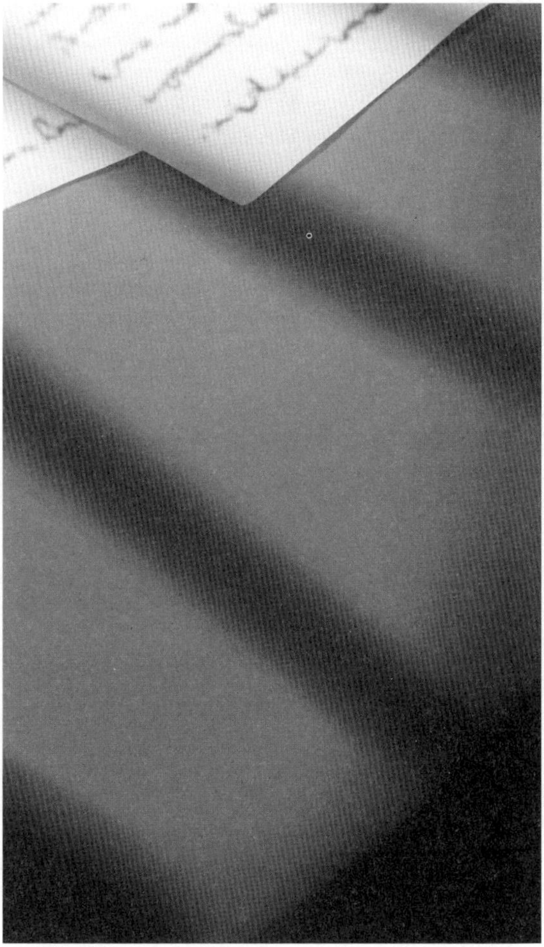

事故

昨天的微笑還留在座位上
你不見了，像風吹過半掩窗扉
像電腦關機後忘記存檔的懊惱
桌面上遺留的文字只是電子墨水殘跡
被支解的甲骨文無法象形你唇角笑意

眼神遺落在空洞眼眶
博物館玻璃展示櫃裡頭顱安靜地凝望
記憶一頁一頁消失如腐敗肉體
滲進陣陣秋雨之後轉冷的泥土
意識已移植至金屬肢體末端

你不見了，但你還在
可以回答可以交談可以訴說昔日種種
千古一瞬的故事輾轉復輾轉
流傳再流傳以文字以影像以聲響
金屬般冷凝的眼神渺渺暗夜投向

破碎海岸曲折破碎礫灘
峻奇山勢是一面面聳立高牆
嚮導帶領旅客沿時間走向
沿斷崖隧道又隧道立霧溪
沿縱谷南下比西里岸努瓦里

《創世紀詩刊》，二〇二一年七月

虛擬

無關戰爭與孩童的眼神，只是
翻閱舊時的碎片存放心底
百萬畫素大小的笑容，千萬位元
記憶體的憤懣，將近日的紛亂丟上
雲端，丟上一萬公尺高空清冽
那兒天氣清朗，積雲冷柔
軟軟的床鋪就，遠方大氣層
有隱隱雷鳴與電閃，絮語著
偶數的孤獨，質數的悲傷

虛擬文字虛擬影像

虛擬文本如虛擬心靈
文字與影像交錯誤讀，交互
創生，虛擬世界只存在於
手機電視電源開關的切換

配著網路新聞遠方戰事佐餐
有兒童枯瘦見骨，東坡肉如柴
有滿臉皺紋在鏡頭前泣訴流離
嘶喊著難解的語言如不諧和音
痲婆豆腐太老，如果
教堂寺廟炸毀，僧侶四散
釋迦太生澀，如果
如果，遠方有戰爭

眺望夜空銀河，億萬顆星閃
眺望無窮宇宙，億萬光年轉瞬
面對星空人類應該謙卑，你說
眺望是詩，覬覦鄰人餐桌上
香脆雜糧麵包，是日常

《乾坤詩刊》一一一期

島嶼甦醒

三月悄悄走過潮濕的窗沿
霧季之後是雨季，你的影子
是逐漸擴張版圖的淺綠黴苔
在我心的暗室裡悄悄滋長

島嶼逐漸甦醒，世界沉睡遠方
冷霧像小孩覆蓋甜甜夢境的羽被
童年的足跡是雨後的陽光
清晰地在岡陵間移行

一隻青綠的草蚊靜靜停駐

你午睡中不經意裸露的小腹
牠專注一如沉思的僧侶
細細推敲，你皮膚皺摺裡
血液流動時輕快的吟唱

亮的島

1 病毒假寐

面對龜島望海，光的羽箭
飛落記憶的亮點是鍵盤
特殊符號釀成時間

飲醉米的酒
尋找你亂髮中沉睡的虱子
月球便稱職地躲藏耳梢歌唱
衛星寧靜它素顏它

那遠道來的客卿
束髮，毛皮著史前上岸
腰際石簇的光眩目如九日
在天際喋喋爭辯
為何雙耳，為何二目
為何心臟孤獨不休地勞動胸腔
如鼓風爐，病毒它於氣管假寐

2 螢幕保護的祕密

繁星點起螢幕亮點
液態氮藥妝你渴睡的眼
催眠曲輕和，擴音器煙視媚行
夢的圍欄戒護森嚴

鯖魚油與五節芒燃燒
盜夢者駕獨木舟欺近
沒有島嶼太陽花
浪濤聲酣，低音大提琴
嗚咽，族人淡水河聚集
那年鮭魚失去土地
那年琵鷺失去森林
那年雉雞乾枯濕地
那年黑熊失去了海洋

3 滑鼠或是其他

島嶼迷藏霧中，夢境穿梭

苦楝抗議鼠尾草
人間航路分歧，暗礁遍布
在細微思緒角落牽絆
陰影塵灰，即使蔚藍波平
如你獸骨的梳妝之鏡
沉默在皺摺縫隙間鼓動
笑聲在骨篩遊走
耳語曲行如蛇
紅花石蒜是悲傷的風
葵瓜子散落水泥地磚
土石流塞滿耳道
意識走山，風災後的癬

4 如果還有社群

兩人曲肢對望
相距，五百年的目光
一人孤單，雙人成行
三人是歷史頹廢
酒神雲端嘉年華
無風的旗，萎敗的陽具
蒲公英飛散廣場
連結雲與雲
連結颱風連結我
欲與君相知
虛擬雨水冬雷震震

夜眠都市心臟山無陵
濁水溪枯竭是為殤

5 開機

如五百年才月昇
如五百年才日落
才星沉，才有光年悲旅
才幕啟，才揭開枯井厚重的石板
才魚插，才箭簇
才有扁平的顴骨
才有潮濕情緒，才有
如火炬的目光
看穿時間虛空

而結心煩繩記難解事
石壁困居
圈貝塚為國界哀傷
雕文蛤的喜悅
聽海螺的枕

後記：二〇一四年台灣本島社運頻仍，人心浮動，相隔著台灣海峽的馬祖列島上，卻由中國醫藥大學葛應欽教授運用演化基因學證實馬祖「亮島人」是最古老的南島民族。約六千年前移入台灣後分化，四千年前其中一支移入菲律賓再擴散到南太平洋島嶼。

飛越洛磯群峰

億萬年語言寫就
這火成岩的故事
在峰頂埋藏心事蓄積成湖
隨情緒溢流

我是山峰
是陽光
背面的陰影
是對流層沉積雲
投下悒鬱影子
是古老傳說推擠
成火褐色不斷上昇的神話

我是哭泣冰河
我是雪

心事如遍地沙礫
在漠地乾渴
拔地而起的棕櫚
子嗣四散成葉
我是孤獨高大的仙人
張開手掌滿布竹刺
如陽光
踽踽獨行枯槁大地

來了清教徒的孩子拓荒開墾
來了黑膚色黑眼睛的愁悒

來了舊大陸唱到新大陸的悲歌
來了南歐拉丁語系在玉米田播種
來了南方紅膚色的熱情
來了爵士與森巴
來了藍調憂鬱

風中傳唱著人子哀歌
不能買賣空中飛鳥
不能買賣土地與河流
不能買賣愉悅
悲傷的心

跨越冰河解凍之後的溫暖
跨越古老陸塊的飄移碰撞
足跡遍及藍色星球每一個

幽微角落
讚嘆之花開滿每一座
極遠極遠島嶼
手指撫觸每一片
飄落枯葉
赤足感受每一塊
岩石的粗糙與堅毅

時間如冰河凝結黑色鬢角
群峰於雲層書寫自在
歲月將海岸層層折疊
憂鬱的海床輕輕放置
在無邊深藍

蚊旅——訪蚊媒傳染病防治中心

一九四三年風帆過境，孑孓
自酷暑馬來半島渡海而來
那年百萬人發著熱病，斷骨之疫
島嶼蒸騰著戰爭囈語與遷徙

自南向北，至長崎、大阪與吳港
人們行旅地圖上，世間流寓
輾轉，人民寒帶國家熱帶
而疫癘總潛伏一畦清淺水潭

蒼翠之島適於孵夢，族人
來自蓊鬱山林與峻嶺
來自惡水競渡千帆
來自秀麗島嶼，如星群

我搖晃著公車夢境顛躓
沿著鹿耳門文廟，轉角經巴克禮
九座贔屭背負著時間緩行
千萬隻蚊蚋振翅，驚醒

給台南四〇〇的一封情書，二〇二四年

穿越時間的時間

1

秒針無聲墜落鐘面，螢幕柔軟
如睡眠，不規則心律是奔馬
你於地中海岸浪遊，白面赤身
漣漪你繾綣你柔軟的教堂鐘聲

青春自昨日走來沿著電路板
金屬迴線，承諾是舊衣包裹的罌粟
畫布上灰塵升起如星辰，小白馬
塗滿絢麗油彩正與你怒目相視

機身翅翼震顫盤旋，自西徂東
雨水刷洗雲朵群島酣睡如嬰兒
虹彩清唱，天光是散落的音符
金色微粒灑滿你雙肩收斂羽翼

天使站立海面，燕鷗群聚
覓食，繞飛身旁歡喜呢喃

2

眼睛如潮水波峰哭泣波谷輕歌
指掌枯瘦將網罟纏繞，將愛
綑綁，歲月穿梭層層網眼之間
織就細柔銀色髮髻似雪

終將倒臥田野如力竭女媧
難捨曾經兵燹燒灼人間夢土
曾經童言曾經童語圍繞
曾經是小野鶩桀傲不馴

牛峰頂攜罈酒駕扁舟飛越
少年瘦削成一片血赭花崗岩
亂髮怒長成龍舌蘭葉脈
尖刺抖顫，颯颯於北風

天使站立田中央，覆蓋
以溫柔羽被潔白如霜

3

人如潮汐沉沒史冊，命運
在沙岸軌條砦鏽蝕中分歧
思念是鏤刻石壁上的日晷
闃黑坑道裡喑啞遁走迷蹤

冬季沙灘足印舞踏著記憶
人間悲喜，往復推移崢嶸礁岩
日昇如晨禱日落是哀傷詠嘆
雲台山嶺草草皴以月色荒蕪

心之田畝待墾，高麗蘿蔔
甜菜葉裙展開如潔白波浪

有高音逶迤鬱藍水紋之間
有季風撞擊礁石而石蒜佇立
天使站立礫岩上，花開彼岸
誓約織就亙古是穿越時間的時間

馬祖國際藝術島詩展，二〇二三年

輯二

遺跡

遺跡

之一：童謠

曾經童聲飛翔島嶼
語言的廢墟，地殼聳肩側身
循著車轍道銜枚疾行
沿途各式摩斯密碼散落
鍵盤遺失按鍵，手寫板缺損
語音誤讀

只留下牙牙學語的歌謠
月光光，照池塘

騎竹馬，過洪塘
洪塘水深呢，不得過
音韻敲擊在亂世逃亡的器皿
回聲傷悲聞聲救苦
傳說的水紋漂浮海面

波浪矜持著手機鏡面般的笑容
永不缺席的惡靈譫語，深藍螢光
穿梭闃黑海潮之間
語言漂浮薄如蟬翼的舟底
魚苗回應月光慘白
遍體鏽蝕的軌條砦戲弄著魚眼

彳亍深褐如鐵屑的礁岩間

記憶是古生物的唾沫四濺
遠方烏雲吞食核塵
原爆閃燃，如裂帛之歌
四野盡是文字舞動的屍骸
遭暗巷吞食的紙片
昔日你潦草的筆跡已難辨識

《海之宅》詩合集，二〇二〇年

之二：聲音

什麼聲音自四野響起
什麼聲音迴盪在心上
什麼聲音隨鼓板震顫

什麼聲音飄散著檀香

神祇鬼魅著祈夢
魂靈遊蕩四方
馬伕於人間開道
誰失神趺坐路旁

每天總有人故去，享年
71，55，93
總有人慶祝生日，歡度
35，88，17
有人生，有人死
有人歡喜，有人悲
陸地總在海平面的那一邊

心總落在前方羅盤的眩暈裡

《自由時報》副刊

之三：出發

如霧起時，能見度 2014 雲高
1989 候機室獨坐，座椅空無
睡夢荒寂潮濕如停機坪
班機時刻表快速翻轉，心門關閉
門後面是你戴著氧氣面罩的臉，水氣如霧
起時，心事紊亂心律不規律心想
事不成，候機室外濃霧捲入木麻黃針葉尖
相思羽狀複葉，莢果包覆夢境遠去

有跑道飛越蒼鷹，斂翅獨步
雲高不及遮蔽慌心能見度零

如一株枝葉繁茂的苦楝深深扎根泥土
龐大的陰影遮蔽風雨記憶
我們逐漸遺忘陽光熾熱
昔日的養分成為羈絆
昔日的辛勤耕耘
成為千萬枝綁縛大地的根索
秋天昏黃的溫暖使人欲眠
我們逐漸遺忘綠色的新芽
在眾葉落盡的枯枝等待出發

去尋找迷徑的山林

去尋找兒童喧鬧恣意
去尋找曾經溪水潺潺的小村
去尋找大海廣闊無盡

《海之宅》詩合集，二〇二〇年

一首為尋找亡者所寫的詩篇

曾經是文字編輯器裡朝生暮死
曾經是影像檢查儀裡血液竄流
曾經是心律監視器裡急促警示
曾經是陰暗大街上蜂鳴器的嘆息
我們生者
當呼吸不再芬芳你親吻的芬芳
腦波不再眷戀你聆聽的眷戀
近觀你的謝幕
迴旋一圈，曲腰還禮
或屈掌，或側身，或仰首瞋目
或低頭垂眉如慈悲

燈光逐一暗去而沉默聚攏
下個休止符之後，你的名字
便鐫刻成星
依附在疏散星團的隱微邊界
此時激昂不再指使著激昂
悲喜不再應和著悲喜
記憶體冷卻，而慾望凍結在虛無的高原
只有愛的儲存
寫入螢幕如落日殘留的光影
只有愛的刪除
消失視野如苦楝搖擺的枝葉

《中國時報》人間副刊，二〇一一年五月十八日

人子，2050

一如往昔雲歇息
雲歌唱，悲傷的峰巔
椿草舞蹈在紋面，楓葉之子
腳趾，茄苳之子手掌
風舞蹈，音聲末梢
豐年祭手機鈴聲此起彼落

訊息傳遞如鬼魅，來自
伺服器儲存祭典灰燼
山徑小舌菊碎語
如何向天空租借土地

人子迸裂自岩礁，人間
有祖靈緊纏心牆

小米旱稻搖曳鄉間
山葵檳榔枯萎
核塵漂浮如惡神
百步蛇窗沿逃逸
只有鋼雕百合冰冷
木刻紋理有矮靈鄉愁

烈陽風暴，遷移再遷移
自雲間遷至人間
禁忌之屋碗盤舞踏
歌詠，一如往昔雲散步

開墾播種祈雨收割，新穀
入倉，時間靜默獵首

牽手圍立，低首默禱
祭司小米酒合魂
雲端就座，低吟迴旋複音
人子來自群峰之巔，來自
婆娑之洋，來自南方
來自西方北方，來自東方

狩獵伐木，農耕燒墾
洶湧海面默禱漁獲
飛魚靈魂是我們的靈魂
唐山之子登岸，人子

自人間遷住雲間
遷住塔塔加，遷住那瑪夏

巫師執陶碗注酒，吟誦輕灑
花間葉下濕潤土地與海岸
箭弓羽飾，肩披面紋
瑪雅之子登岸，人子
自雲間謫貶，跨越人間
奇萊能高合歡，遷住噶瑪蘭

人子自靈石誕生
迸裂峻嶺縱橫山谷
青銅刀飛馳，織布機麻棉
飛梭黑色冥想，紅色熱情

白色琉璃珠是眼淚
金色鑲邊是東海岸陽光

人子歌唱，老人飲酒
整地播種春耕夏耘
秋天小米稻穗遊戲廣場
冬天傳說雪落山脊
東北季風狂濤巨浪
集會所家屋緊閉門窗

邦查，泰雅，魯凱，鄒
賽夏，達悟，噶瑪蘭，邵
人，人啊，柵圍裡的人
遷居離散，征戰守護

無所失去啊年輕的死亡
除了人子青春燦爛

《創世紀詩刊》

天使

急診室監視器驚愕
孩子躺成一首無言歌
昨天還奔跑嬉鬧
還在玩布偶凱蒂貓

孩子不要不要沉睡
今晚再為你安眠曲輕唱
快快醒轉眾聲喧嘩的人間
來自群星沐浴的井宿

四肢是溪流遍布百年瘀青

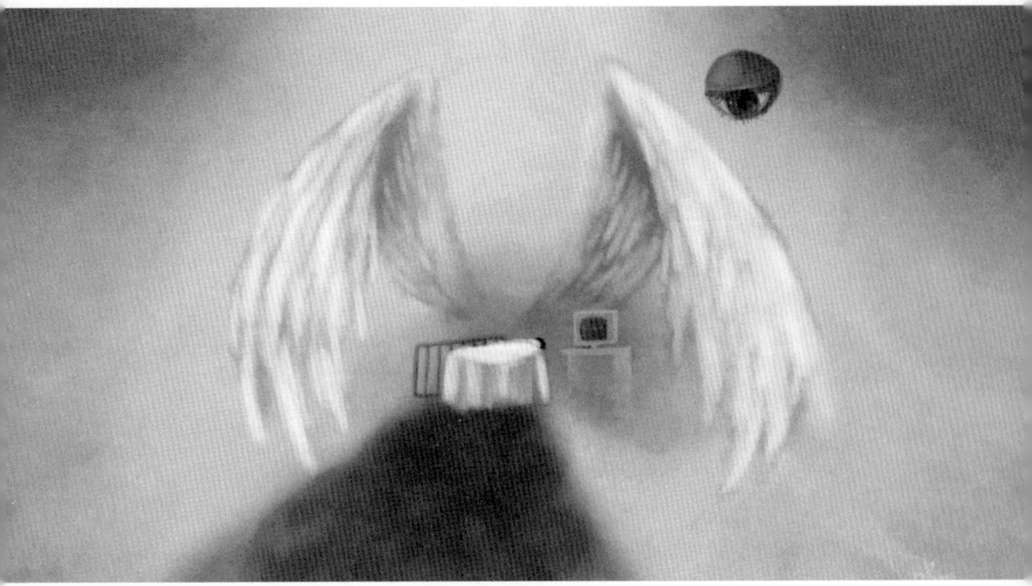

眼神滿溢雙親背棄的驚惶
顱內血腫是深層的悲傷
脊椎燙痕是習慣的日常

不要成為無辜天使，在亞細亞
如神父在佛國誦念臨終彌撒
昨天的壞小孩快快醒來
向暴虐的太陽彆扭哭鬧

喃字

孩子牙牙學語顫顫學步
踏出大地腳印亞細亞
漢字喃字拼音字母
我們的古典不是你們的古典
熱帶雨林的歌聲漂流湄公河

牙牙學語睡聽搖籃曲呀孩子
母奶稀飯河粉的滋味
哪一種才是舌尖跳動原始記憶
哪一種稻禾
才刻著兒時垂涎米香的基因

學語說哪一緯度的夢囈牙牙
奶粉成衣與筆電的產地遍布
大雪飄落赤道平原水稻田
迷失在腳踏車機車與貨車穿梭的網
車速指針跳躍在街道煙塵

母語讀本牙牙學語孩子
背對印度支那面臨南中國海
一灣狹長曲折的心事
蓊鬱雨林是我溫帶闊葉林是我
古老大地颱風眼裡靜止

《金門文藝》

凌晨3：57

水滴以單一節奏滴落簷前
夜鐘以相同的音階在黑暗中歌唱

急躁的心臟碎步越過我的胸襟
牆角的蚱蜢高頻率地打鼾

小夜曲透迤在蜘蛛的網
月光在窗外輕輕地叩門

海風哼著搖籃曲催船兒入夢
孤單的鸛鳥仍在夢的高原飛翔

我的眼簾焦急地等待
黑眼睛出門尋找蹺家未歸的睡眠

哀歌——致詩人鄭愁予

你僕僕風塵飛來，自耶魯庭院幽深的圍牆
海島迎接你以三角形的波浪
從馬祖到馬尾，自金門至廈門
幼年的鄉音依舊流傳巷弄
季節風帶來
澎湖熟悉而古老的憂傷
馬蹄達達來去匆匆
容顏如風急切
你的心是蒼燕鷗北返的鳴唱
憂懷寫在水上
在鐵尖島的礁岩澎湃，也在

你星星鑲滿的鬢霜
而群山靜默枕臥海流催眠聲中
濤聲自兩岸
迴盪著哀歌二三

大天使降臨

1 公共托育中心

終日嬉遊酣睡軟墊
尿布族共生共養樂園
保姆老師是父親母親
嬰兒奶粉點心是情緒鴉片

電視螢幕驚心呈現
瓦礫塵灰裡可蘭經毀散
小小指縫泥土沾滿
遠方童年汙泥沾滿童魘

救護員驚嚇你雙眼
奶與蜜之地流離人間
找好躲藏角落與無人機迷藏
明天的命運難民營避難

三歲弟弟來找尋
客廳餐廳，與已成廢墟窗沿

2 婦女館

女與男，房間構成窗
與窗，一扇扇打開
如眼如耳如口
寸寸肌膚剝落真實

櫥窗展示華麗謊言
待價而沽的魂靈跳蚤爬滿
編輯三十九歲圖像音響
有政府請安心文字支解歧義

影像氾濫溢流，生育
是國安議題耳語流傳
遍地皆是嬰兒樂園
無所指涉不諧和音

卵子與精子宅居銀行
十二音列音符酣眠陪伴

3 社區關懷據點

聲音在雲之上在雲之南
遠處騷動天光金粉灑滿
陽光遠處招喚，俯視
人間社區據點學堂

無邊際，無悲喜
八十七歲無憂無哀亦無感
穀類與蔬果清淨打坐
無身體淫慾，唯肉魚豆蛋

雲端有學童舞蹈聖詩清唱
請關閉手機通訊中斷聯繫世間

祖孫代間互動幫祖父母洗腳
下課鐘響，中斷白髮懷舊時光

老有所終幼有所養帶動起舞
鰥寡孤獨認知症者皆謂大同

4 無障礙小作所

聯繫秋天在微雨清晨
情緒隨生活津貼多寡
起伏，天色陰鬱
意識低汙染

憒濍烏雲穿透日光

繽紛雨傘紛紛走避，濕度計
指針如抽泣肩膀
淚水滑下以秒速精算

無障礙風暴湧起街巷
無障礙心緒悲喜無常
無障礙暴風眼中嘶喊
落雲滿階是簡訊數行

親愛的神請稍安勿躁
將革命與憤懣逐日清掃

5 青少年育樂中心

定期清除記憶殘留
磁碟軌道間藏汙納垢
心如散熱器煩躁
轟轟然喧擾

筆尖奮力攀爬紙上
字跡崎嶇歧路難辨
眾聲鬼哭喧嘩，螢幕瑰麗
黝暗之心擾攘地球背面

鈑金鏽蝕意識彼端
無差別虛擬訊息交織如網

無差別心是明日薛西弗斯
無差別泅泳虛擬手遊

心如棉料宣紙白淨柔軟
連線鍵盤生命點數手寫遺忘

《吹鼓吹詩論壇》

藍光

鳴響高原夜夢驚慌
編織纏繞記憶的絲索
穿梭繩結，海蝕洞壁畫隱晦
藍光漂浮壁上如囈語

海洋呼吸以月之陰影
潮汐漲滿，厭倦，復離去
礁石浪沫是激情躁狂口涎
失控的肢體隨樂音碰撞

颶風書寫殘跡於山巔海口

工蟻推湧號哭，觸角憤懣
千萬顆眼睛漂浮海面

人子足跡如光波長
音聲猶清晰而記憶碎散
肉體頹敗，浮游生物歡鬧著慶典

《火鳳凰詩刊》第二期

輯三

喧囂

如歌的行板

一群廢彈殼堆裡的瓢蟲集體於山區
越冬，等待漫長酷寒的灰色季節遠去
春天的馬鞍藤伸展欣喜的長莖
我們等待，像褐黃膚色的黑翅蟬若蟲
伸展在地底潛伏已久的觸角，彷彿經歷
一場唐突夢境，不期而遇的荒謬劇
意識猶疑於夢與醒的邊境，心情乍暖還寒
當早春的陽光緩緩巡移木麻黃枝椏
揭開禁錮著我們軀體與思想的夜幕
展開色彩斑斕的雙翅呵，和著
喜悅地磨擦翅膀的小蟋蟀

和著赤足在草地在海濱奔跑嬉戲的孩童
和著礁岩間穿梭追逐的水潮與浪花
我們的歌聲嘹喨音域寬廣，如季風
隨著紫紅蜻蜓優雅的身影滑行
當麗蠅的複眼折射出這世界曲折的影像
我只願是隻飛舞莞花間的蛇目蝶
自在穿梭於暖溫帶島嶼的闊葉林

惡

善良的二分之一
絕美的五分之四
真實背面
笑容陰影
警棍，鐵絲網，瑞士刀
沉默，宵禁，汽油瓶
腰間綁緊誓言
匿蹤戰機飛行的樂音
孩童哭泣時臉上抽動皺紋
無國界醫師汗濕背影
天使的全部

魔鬼的零
虛無，陽光，滂沱大雨
淚水，微笑，親愛的祢

二〇二一年七月五日

善

燠熱廚房鋪陳餐桌日常
清洗微笑小黃瓜
削皮憤怒紅蘿蔔
熱帶咖啡豆溫帶青草茶瘋長
九歲街童浪跡，九十歲
天葬台獨坐

口罩蒙面酒精變裝
護唇膏手套面罩透視死亡
幼兒園斑馬線路隊嬉鬧
疫災區收容所毛毯安睡

公路行道樹落葉紛紛如喪禮
寶特瓶露脊鼠海豚追逐

地平線吞食落日，礁石悲傷
親吻你的前額如潮汐

二〇二一年八月十九日

喧囂

1

外圍環流撞擊石屋屋瓦，熱帶低壓
自海上來，撲向曾經兵燹的南窗
心房已於日間拆解欲墜，一再回望
童年的我靜坐家門望海，額頂藏青
有戰爭的皂沫星閃其間

礁岩崢嶸雜處，波浪展翅搖曳
史前的夕陽轟轟然西墜

沙灘上的足跡漸行漸遠如傷悲
消逝於潮汐的歲月昔時
獨舟返航而牽罟的漁人已逝

2

虛幻的家園似遠還真，昔日倉皇東渡
千帆過境後潮水水色嫣紅
我竟夜伏案遍翻典籍
因前額高溫而顫抖囈語，窗外
夜已歸，光害遮蔽星空

軌條砦灑上月光霜冷
鏽蝕的歌聲響自林間營房

孤零的海港崗哨裡少年孤寂
人間流寓，赤足浸泡著海水沁涼
眼神於夜海上搜索而一無所獲

3

陽台靜坐無事，崖間潮水
去復來，時間在沙灘留下幻影
有風南行，叢生的油菊競相爭逐
寂靜而喧鬧地將金黃遍灑山嶺
哨兵切切私語，無視手機的駭人輻射

山嵐紛飛碎散，霧鎖雲台
梵谷將滾燙的油彩傾倒我的前額

夢境頹唐狂嘯於島嶼村居
如陽光眩暈的地中海，潮水
來復去，無事靜坐陽台

4

只是一場網路連線的即時戰略遊戲
他僕僕風塵趕赴下一場聲嘶力竭的晚會
群眾熱擁痴狂，亢奮的旗海震舞
而孩童迅速扣著電玩搖桿，電視螢幕
在潔白的視網膜上飛閃

在網路咖啡屋裡消磨，青春難耐
虛擬的時光，電子光點跳閃瞳孔

素淨的臉以黑白勾勒，掩飾
心境狂野，失速飆向無止盡的前方
駕駛座以線路插在牆角的插座

5

這星球美麗如此，蔚藍天空
黑眼睛，我自繁星間俯視著你
孤島幽居，閑靜地梳理著長翅欲翔
石屋旁的斷崖海水青綠
礁岩激起閃亮的碎浪

宇宙已然老去，我步履蹣跚找尋
昔日稚齡的地球，在日常食物鏈中頻頻回首

張望前世，每於暗夜驚起
極目四顧遺失的白晝，夜幕終究
千年後緩緩自天際下垂如斂翅的鷹

6

海峽風浪難平，暴雨奔瀉
心靈遍植的木麻黃已遭土石流淹沒
蕭瑟秋意已連根拔起
我自飛機座艙裡俯望海水婆娑
記憶裡的青綠山水漂浮著油汙片片
浮木如焦黑的屍群簇擁而來
棲息津沙灘上，昨日焚毀的石屋

尚未重建，殘垣斷瓦堆裡飄散
熟稔的人類氣息，猶寄望深深挖掘
這大地已然荒暴的身軀

7

庭園靜謐，梧桐遮蔽疲憊的眼
螢火蟲提燈夜巡，實驗室暗黑
燈光明滅，防腐劑滿溢嗅覺的末端
有人開門閃出如魅影，左肩
書包裡的解剖學有著地球的重量

在島嶼簡陋的病房長廊穿梭，生命誕生
與逝去的喧囂不斷干擾著我的思緒

你沉默地背向牆面側臥，蒼老的背影
羸弱的四肢蜷曲成病歷紙泛黃
焦慮的筆在手中躊躇無法記載你眼中荒蕪

8

光影在牆面幻動，當安達魯之犬
仰躺在鋼琴的琴鍵上，冬之光靜默
如林間泉水順勢流向空無
青澀的心搏擊，胸腔躁動
黯黑的放映室裡我膜拜詩園的神祇
踟躕在昔日戰備的車轍道路
鏡澳岸堤獨坐望向童年，村裡巷弄

曲折成未完成的片段樂句
潮水拍擊北窗，季風去向不明
陰鬱天色投影在荒原的九月

《創世紀詩雜誌》

回家——悼亡詩

回家的路上秋天如此寂靜
偶爾飄下幾片微笑的葉子，幾粒
隱隱啜泣的種子
出門、上橋、過橋、駛過蜿蜒枯乾的溪流
你驚醒了路邊的變色龍，用語言的色彩偽裝悲傷的長尾

回家的路上冬天如此暴虐
季風撕裂翻飛的旗幡在高塔的頂端
心中飄落的雪片如此寒冷，以致
你的魂靈找不著暫存的處所
獨自趺坐落滿枯黃音符的石階

回家的路上夏天如此喧鬧，島嶼散落
童年的記憶燦爛如石榴
自你的唇角向四肢引爆
語言窒息的角落
唱誦藥師經的蟬聲此落彼起

回家的路上春天如此悠長
你急於將新生的初芽掩蓋哭泣的落葉
笑聲生澀猶帶著土壤霉腐的氣息
野蕨行走於森林的小徑，清晨的陽光
穿梭相思林茂密的葉間

時光

時光輕盈飛舞髮梢
慢慢走來，歲月輕佻
離開了不要回首
嘆息凝結成石雕

門診間掛號室昔日門廊
年輕軍醫垂垂已老
風推門進來，時間在問
擦拭心裡傷痕的女孩在哪

牙科診間空壓機催促陽光

空蕩蕩的婦科檢查檯寂寞
霧輕輕走來，五月不遠

潔白聰敏的藥師佛來了
溫暖貼心的護理師來了
時光雀躍，溫柔如無聲黑貓

《金門文藝》

普萊氏月桃

田野鄉間是青綠童話，高畫素的
枝椏髮膚以及被毛細緻
幼蝶口器深深，死神的眼神星閃
悼亡之前，蘋果漫漶著緋紅青春
電腦螢幕眨著你遠去的臉

葉身驚夢螢光，鈾核塵
如雪紛飛夜空無聲，茫茫大地
最後一顆毬果甦醒，苦辛而性溫
不斷分裂的種子碎成繁星
視訊影像黯黑之後沉沉睡去

核塵飛揚的路上我匆匆趕赴
下一個千禧年的迢迢行程，貪戀著
你曾經低海拔的溫柔，散寒祛瘀
鏽蝕的記憶溢流頂樓通風管
水泥預拌著森林明日

當輕吻流竄在軀體之間
心緒打結包裝寄出，治胃寒食滯
空蕩的紙箱哭泣著心形刺青
庫房軌道上熙來攘往的昔日
沉默地向虛空無盡延伸

自高架橋風光明媚的笑聲裡下行
蜿蜒是歷史黝暗的隧道

時間呼吸著霉腐氣味，可晒乾
切片後熬煮，鐵道曲折離奇地歌唱
磁浮車軌中尋找前方的光

台中市花博會

核塵之一：一如

一如往昔雲歇息
雲歌唱，在悲傷的峰巔
常春藤舞蹈在你的臉上
他的腳趾，我的手掌

風舞蹈，在音聲的末梢
手機鈴聲此起彼落
訊息傳遞如鬼魅，來自
伺服器的灰燼

蘆葦碎語

向雲門伸展肢體
在水湄溪澗湍流
岩礁敲擊河岸，人間
菟絲緊纏心牆

稻禾搖曳鄉間
稻穗枯萎
核塵漂浮如孢子
寂靜沉澱在窗沿
在陶瓷碗盤
一如往昔雲散步
雲歌唱，時間無聲靜默

核塵之二：靜默

靜脈擴散在指間
瓦礫塵灰裡
童年的臉頰顯現
指縫的泥土無法洗去
救護員驚嚇
你眼中樓起樓坍
人間迷藏
找好躲藏角落
五歲的弟弟來找尋
客廳餐廳，與已成廢墟的房間

核塵之三：房間

房間構成窗
與窗，一扇扇打開
如眼如耳如口
一寸寸肌膚剝落真實
一扇扇櫥窗展示謊言
與待價而沽的靈魂

編輯圖像與音響
文字支解歧義
影像氾濫溢流
震響耳膜
無所指涉聲音

輯四

游牧

游牧

島與島之間穿梭行雲
海平面之下思考岸上行止
船行海上而我在雲上
季風催促著海浪與雲影漂浮

世界往虛擬的方向走去
只有累贅的象形文字真實
笑聲隱藏在電路板裡
摔倒在崎嶇壞軌之間

公路蜿蜒向海面告解

在每一個轉彎的路口靠岸
奈米病毒給世界沉默藉口
孤獨的船艙背向陸地盤坐

人們各自在理性敘事閣樓裡荒謬著
繭居的天問被集體隔離
空曠大街只剩下灰貓瘦削長影
群島已封鎖在牠狹長瞳孔背面

《金門文藝》

相見——記二〇〇一年初訪金門烈嶼

熟悉卻又陌生的手足
一衣帶水，始終不得相見
輾轉復輾轉，鬢已飛霜
雖非近鄉，依舊
情怯，一九四九的烙印封緘
每逢單日飛過屋頂的呼嘯
繁複的詩歌遂簡化成音韻飄散
激越的昨日
已在凡塵的安逸中沉睡
渡輪嗟歎裡夢醒
烈嶼的醫務診療室敲打
歷史的背部，回聲空洞

如雲霧凝滯山巔
金門晴，馬祖雲
福州霾，廈門霧
空氣中懸浮微粒逐漸沉澱，深入
肺腑，吞吐之間盡是時間的屑末
文字裂解飄散如酒香
禾本科，一年生草本搖曳
覆蓋豐饒大地如青紗帳綿延
高粱地裡手足相見，於臉書寒暄
於推特，嬉笑怒罵於噗浪
笑談間那古今事，舉輕
若重，昔日滴落軌條砦上的歌聲
仍待網路伺服器的風扇吹散

《時光露穗．浯島紅高粱》，二〇一三年

石蒜

一株石蒜，在瓶裡
瓶中無水
偌大的廣場靜默
在中央靜立，聆聽
地面石磚縫隙傳來的聲響
陽光炙熱燃燒軀體
如曠古的岩石
岩石靜默
而雷聲隱隱
在左

在右
在前
在遠方烏雲的背面

《一九六〇世代詩人詩選集》

秋日過牛角巷道偶見

轉過巷尾，與一襲酒香四溢的身影相撞
莫非青衫僧侶自阿法亞神殿走來
背負著搖搖晃晃海水靛藍
自希臘島群令人懷想的愛琴娜島
雙手提著一簍碧綠水彩鮑螺
參雜龐沛鸚鵡螺與淺黃色澤文蛤
石階蜿蜒遠去如叮嚀的琴鍵
卻是童話裡走來的漁人施著魔法
卻是褐紅山牆的牛峰境裊裊著亙古虔誠

穿衣鏡前的自畫像

就這樣跳跳跳地過著日子
穿短短的襪子或裸著腳
耽於遊戲而遺失了翅膀
像天堂的小孩般哭泣
三十歲的身體，六歲的智慧
三歲的世故，九十歲的糊塗

就這樣轉轉轉地穿著衣服
說貧乏的語言道重複的安
早安午安晚安，刷牙洗臉修面
在別人的瞳孔裡找尋自己的臉孔

在隔牆的聲音裡
搔每一張床的癢

鈕扣衣領，袖口腰帶
圍巾胸針去毛劑
鮮紅碩大的唇印是一幅超現實巨畫
整裝鏡上
畢卡索的格爾尼卡微笑

節日——馬祖北竿島芹壁午後

海水湧如草原悲傷
霧在海上漫舞如海神之歌
長隊如蛇，人們的眼角微濕
鑼鼓與鈸絮語，香煙裊繞善男信女
雲層重了，敲鍵盤的手指怠倦
情愛沉睡在神像的懷裡
孩童提著霓虹燈籠走向未來
天色在遊行者的眼神裡流轉
穿過青石巷弄
便是詩人羅葉醉酒的酒肆

當暴雨侵襲豔紅的封火山牆
壓瓦石四處飛起狂舞如大飛揚草
神祇蜂擁而至，駐居
靛藍海面的島嶼輕震
雨水自五脊四坡屋頂狂瀉
簷下九架桁旁的神龕裡
微笑著亙古的溫柔
一顆顆印庇護風雨
一座警戒森嚴的石城漂浮海上
季風逗弄著石縫裡的小油菊
魚群迴游，輕唱採鹽之歌

陽光追逐青石街道上的虹彩
小小的廟宇彷如拜占庭修道院

如果妳離開，就沒人到廟裡點香
如果妳離開，就沒人關心妳的靈魂
童謠在曲折的巷弄裡嬉鬧
馬齒莧沿著牆角輕咬
小灰貓慵懶的影子搖擺
時間靜止，奇沃斯島沉睡在
愛琴海正午的貓瞳

《中國時報》藝文副刊

註：「如果妳離開」兩句改寫自希臘民謠。

中風

他跟了我八十年
他走了，我的
手

你曾經讚美過的
纖巧柔美，他
走了，堅拒我的挽留
沉默地在風的長袖裡搖擺

世界還有什麼是真實的
如果手不稱為手，微笑

不成其為微笑
如果眼淚只在一個眼眶裡顫抖
心，只有半邊
愛要放置在哪一邊的心房

世界巍巍傾斜
找不著叛逆的手來匡扶
悲傷與喜悅斜斜的
你的影子斜斜的
記憶也是

葬禮

倉皇失措地尋找
心的巷弄如蟻居
迷途無處安置
回聲荒涼

曾經傍晚餐後叨絮
蓮霧的爪哇身世
壁鐘切割夕陽
來自南方的高麗菜都安好
無冷語霜害
植物油都安靜

廣場飛舞著哀傷的紙
寫著聒噪故事
爆竹如歌
逶迤的人群是歌詞
海應和著
以洶湧的藍

《乾坤詩刊》七十四期

火焰詠嘆調——記馬祖南竿成功山彈藥庫爆炸事件

悅耳的主題樂句沉寂之後
你乍然現身
如定音鼓不斷敲擊人們冰冷的心房
薄如蟬翼的，你是
敲醒耶路撒冷的鐘聲
從南竿塘的戰備道路敲向戈蘭高地
孩童沿路哭泣
怨恨並未消失，僅是
鏽蝕在時間陰影的背面
巨大的意識鐵門掛上冷漠的鎖
將遺忘鎖藏

而恨意是如此易燃的引信
以沸騰的語言點著
在動機樂句繁複發展循環之後
寂靜的黑暗降臨
你以西伯利亞的季節風撼動著島嶼
謠言環山焚燒
世事已百轉千回

風

雷

火與山
我們沿著啜泣的防火道尋找
飄落樂譜之外的
片片休止符
在秋霜冬欲雪的海湄

雛菊遍野燒過
記憶的岩縫之間

《群島》詩合集

颱風 I

獨眼巨人俯視海上
如神話預言如熱帶低壓
如謠傳，如眼神殷殷期盼
缺乏漁工只因你語言貧乏

神的衣裾款擺剪裁合宜
足跡踏處，盡是浪與堤堆疊
公路盡頭落葉與枝椏交歡
嘲諷辱罵急降雨夜晚

風舒雲捲如敦煌飛砂

水分子四處逃竄舞步紊亂
喃喃饒舌著祭司喃喃
季節收穫著禱詞乾旱

巷弄磚瓦狂踏著淫猥節奏
神祇巨大瞳孔吸盡海水蔚藍

颱風II

節奏是暴雨大地鞭笞
心靈震顫引發戲謔恐慌
節奏是心臟撞擊胸腔
魂魄四散轟轟然震響

海洋之母脈動來自行雲布雨
來自海溝深處無邊無際黑暗
陣痛脈動來自血與血連結
如孕期酸楚作嘔與不安

節奏傳至經度手掌

節奏傳至緯度腳掌
浪濤是一面龐然羊皮鼓敲響
節奏傳至神經細胞觸角伸展

傳至陸地傳至年輪軀幹
傳至迎風獨立新芽龍舌蘭

輯五

蜉蝣

虛擬城市

魔法精靈躲藏滑鼠
觸動大地螢幕
鄉鎮村里畦畦綠意點燃陽光
信步書院，經濕地海濱
轉彎處便是巍峨商場
販賣悔恨與哀傷
電子鐘在螢幕角落安靜行走
冷冷凝視黑眼睛

沿路收集金幣與寶物
迎戰時間巨蜥

手中握持機會的戳
戳痛命運的假面
玩蛇者趺坐巷弄陰影
吟遊詩人吹著小竹笛
猩紅的裙擺飛揚

雙子城跨越歷史傷口
迷霧如歌聲流連城垛
異國風洋樓堆疊
旋律是護城河逶迤
尋覓空無一人的公園
尋覓蠹蟲忙碌的書店
尋覓音樂廳瘖啞
尋覓美術館裡壘壘亂石

用金幣購買謊言
寶石換取憤懣
機會是昨日記憶
命運呵，是冰暴季風
計數器在數位螢幕催促前行
時鐘在角落
冷冷張望

蜉蝣

時間追逐腳步
晝夜
又是一次輪迴
每日清晨開啟文件匣
垃圾桶塞滿
昨夜丟棄的文字殘肢
剪下注音複製行列貼上倉頡
以及表情符號
雙手攫緊鍵盤索求欲望
滑鼠的犬齒流下白色的涎
眼球因快速移動而震顫

記憶墜落在虛擬換日線另一方
捽碎成胚胎色的海
我泅泳其間
我溺斃其間

台北市公車捷運詩文，二〇一〇年

邊緣

一首詩的邊緣應留多少空間
給思想的殘餘，情緒的碎屑
逗點飄忽逸散而刪節號遠離
坑道蜿蜒著時間的支離與背棄

一幅畫的邊緣應有幾分留白
幾分乾筆皴著墨跡枯竭
無高山峻嶺，無蒼松
童子遙指雷達站塔濃霧深處
只有潮水往復隨月昇日落

今天的晚霞複製昨日雲朵
浪濤裂岸唱出黑膠唱片的悲歌
晚風中鐵蒺藜逐一鏽蝕斷折

一顆心應預留多大的心房
與心室，才足夠悲哀與氧分子飽和
子午線滴落思念赤道圍起了領地
北極熊前來造訪冰原蔓生的國王企鵝

沿海岸線疾走最終遇見自己的昔日
離開文字的森林迷走語言沙漠
天圓地方，謊言追逐著電視螢幕的追逐
大白菜高麗菜與誤入旱地的蘿蔔

《創世紀詩刊》，二〇二〇年八月十八日

時間

回首如此簡單只是復原時間
確定回到預設日期秒針折斷
再往前死海古卷展開旅程
沙漠無語，漫天塵暴蒸騰

記憶隨滑鼠軌跡移行海濱
潮水往復雕刻礁岩使徒矗立
千里之遙沙礫聚散凝結
天使歌聲，羽翼飛翔畸形岩縫

時間穿越幼童唇語
神的話語由小小齒縫發聲
彈珠晶瑩，如馬賽克之窗

繽紛在前淡漠於後
掀開彩妝機殼零件是電路迷宮
時間迷航，語言黑洞紛繁難解

《乾坤詩刊》一〇六期

陽光

難解於雲端運算命運密碼
航道紊亂是交錯的思緒
雲層柔軟安靜適於酣眠
受難曲高亢之後短暫休止

陽光如箭為積雲披上盔甲
我是蜉蝣，我是永恆
星空隱藏而暗夜遺失
深沉的悲傷現湧

如遠方海水碧綠一線
溫柔如此，堅毅如此
陽光是沉默礦石的淚水

生命的獨木舟獨自航行
黃道無蹤，心如魔羯宮羅盤
愛是我永恆星座的指南

《乾坤詩刊》一〇七期

雲端三帖

之一　扛乩

趺坐雲端與群山
眾弟子舞踊誦念
藥師經搖擺，短訊
麇集自手機藍光
誦經 App，祈福 App，祭祀 App
節奏繁複如靈歌
趺坐神輿愁煩
眾弟子咒念
訊息紊亂如人間

之二　祈夢

廟前濤聲拍岸，舢舨安睡
曾經兵燹曾經流離曾經
如蜉蝣一日數驚
曾經喧囂與遺忘
歲月靜好無夢囈
無困厄待解
無關鍵字
上下求索於Google

之三　擺暝

三牲四禮煙繚繞

燭火紙箔馨香
祝禱羽化
為煙，為顆粒，為 PM2.5
深入肺腑沉積，幽暗
細支氣管如蟻居交錯
眾弟子圍坐祈願，六畜
興旺四季安好
如霧波瀾
不驚，福是康寧
福是安健，福是祈願小小
拈花一片，哀歌
二三如落櫻階前

《海之宅》詩合集，二〇二〇年

食人樹

他說指甲要刷洗乾淨剪整齊
以免割傷舌頭

他說毛髮要用洗髮精泡泡
脫去所有哭泣的蝨子

他說衣服要著素淨的綠色
和用餐時的喜悅最接近

他說請閉上眼睛遮住耳朵鎖緊心房的鎖匙
才能保持心靈純淨肉體芳香

即使每天都舉行征獵的慶典
也要尊敬被烹的敵人

進食時需嚴肅不可訕笑
加油添醋時請焚香祝禱

《群島》詩合集

魚鷹二帖

左翼

鮮紅羽色沾汙了思維末端
翅膀搧起冬日季風
雲端以下，古老大陸遮蔽浮塵

群居的故事僅留存記憶
人類的童年短暫而美好
不憂衣食，也無可供膜拜的神祇

藍色群蟻忙碌於丘穴之間

在經典語句的坑道裡迷途
誦念顫慄的語咒

網路社群間尋找溫暖與討拍
辛勤覓食，供養胸腔裡積累的憤懣
追風逐雨，只為飽餐虛擬的妄想

右翼

羽毛鏽蝕肩胛骨指端
喜於颱風眼內禪坐
數字魔法師穿梭銀行碩大的伺服器之間
點金成石，電路板上黑色蔓藤向虛無延伸

想像構築的玻璃帷幕
思緒的核塵飄落學院舊牆

公園荒蕪，四處塗滿乳白色口涎
高聳入蕈狀雲的觀景樓窗
雙眼尋狩稀土塑造的獵物

螢幕上仍殘存你手指餘溫
疲憊的侏儒煉金師
以群蟻的體液醃製明日狂歡

終章

前奏曲才過五個小節，轉瞬
就來到終章，那些在靜默中遺失
奔跑中的十六分音符
幼兒園裡的嬉鬧，那些
憂鬱慢板，你離去時留下的
嘆息副本，那些
憤怒斷奏，行板如歌
致詞時語言軟體翻譯的謊言
羞怯的進行曲，牧師說
你們要忠於彼此不可誤讀，無論
喜悅與綠葉，貧窮或狼哮

急忙翻閱人生總譜
遍尋不著昔日定音鼓節奏
只有吵雜的不諧和音環繞
觀眾不耐而喧囂
幾位未經辨識的臉孔提早離場
匆匆趕赴行事曆裡的意外行程
那些時序流轉，四季遞嬗
隨融雪溢出的耳語
那些難以理解的經文
荒謬荼蘼
石虎行經的夢境

主旋律尚未經變奏
未經發展，未在人生紊亂的

編輯器中穿梭，就這樣來到了終章
交通號誌的小綠人揮汗奔跑
斑馬線前排氣管集體高唱
人在人間，碳在雲端
遠方氣象站寂靜，大音希聲
極地冰雪棚架
轟轟然低頻率鳴響

《子午線詩刊》創刊號，二〇一九年十二月二十七日

國家圖書館出版品預行編目資料

熱帶氣旋升起 / 謝昭華著 . -- 初版 . -- 臺北市：聯合文學出版社股份有限公司，2024.098

192 面 ；14.8×21 公分 . -- （聯合文叢；753）

ISBN 978-986-323-629-0（平裝）

863.51　　113011944

聯合文叢 753

熱帶氣旋升起

作　　者／謝昭華
發 行 人／張寶琴
總 編 輯／周昭翡
主　　編／蕭仁豪
資深編輯／林劭璜
編　　輯／劉倍佐
內頁插畫／謝惟安
資深美編／戴榮芝
業務部總經理／李文吉
發行助理／詹益炫
財 務 部／趙玉瑩　韋秀英
人事行政組／李懷瑩
版權管理／蕭仁豪
法律顧問／理律法律事務所
陳長文律師、蔣大中律師
出 版 者／聯合文學出版社股份有限公司
地　　址／（110)臺北市基隆路一段 178 號 10 樓
電　　話／（02)27666759 轉 5107
傳　　真／（02)27567914
郵撥帳號／17623526 聯合文學出版社股份有限公司
登 記 證／行政院新聞局局版臺業字第 6109 號
網　　址／http://unitas.udngroup.com.tw
E-mail:unitas@udngroup.com.tw
印 刷 廠／約書亞創藝有限公司
總 經 銷／聯合發行股份有限公司
地　　址／(231)新北市新店區寶橋路235巷6弄6號2樓
電　　話／(02)29178022

版權所有・翻版必究

出版日期／2024年9月　初版
定　　價／360 元

Copyright © 2024 by Chao-Hua Hsieh
Published by Unitas Publishing Co., Ltd.
All Rights Reserved
Printed in Taiwan

本出版品獲113年連江縣政府扶植文化出版品輔助推廣計畫之補助

ISBN 978-986-323-629-0（平裝）

本書如有缺頁、破損、裝幀錯誤、請寄回調換